中国著名高等艺术院校特色课程系列

中央美術學院 特色课程

Sketch

速写写生

周至禹　编著

湖北长江出版集团
湖北美术出版社

目　录

速写从写生走向设计

速写是一种对对象的快速记录；速写是一个计划的草图；速写是一个基本的视觉体验。速写的目的在于建立一种直觉基础上的迅速反应，一种直接的理性主义：观察与批判，思索并且记录。速写是艺术设计中最基本的艺术语言和设计手段。

作为绘画的基本训练方式，速写建立在素描的基础上，是表现自然、记录生活的描绘手段，常常以生活的内容情趣为中心。而作为艺术的表现形式，速写又常常脱离描绘的对象，呈现出自身线条的魅力和个性，偏重于艺术味道的表达。但是在中央美院设计学院速写基础训练中我们主要强调了对于自然造型与形式的深切观察和感悟，因此，中央美院设计学院的造型基础课程就成为速写课程重要的前置课程。造型基础中所包含的关于对现实形态的洞察、形态结构的认识、形态的功能分析、自然形态的单元分析等内容都可以联系在对自然的速写观察中。在速写过程中，不断地联系课堂上的这些学习内容，有机地与自然的观察结合在一起，将会极大地提高学生的观察力。

速写教学的目的，就在于通过速写的方式，教会学生学会观察自然、分析自然，进而通过速写积累形态创作的素材，练习快速提炼生活场景的能力，感受自然形式韵律的能力。在实际教学中，从设计的特点和需要角度出发，结合形式构成中的相关知识，在速写的教学中，调整传统速写偏重于生活记录的方法和要求，大胆尝试各种速写的形式，由此形成

与设计特性相一致的速写训练，熟练运用速写工具来表达自己的深切感受，提高概括的写生能力、积极的默写能力、自由的想像能力。通过写生，也提高感受生活，积累自然形态素材的能力，为进一步的设计创造打下良好基础，从而由速写草图走向造型与形式的设计表达与创造。

在教学要求上，通常我们对速写的工具不限（铅笔、钢笔、炭笔、毛笔、木炭条、圆珠笔、炭精棒等均可），速写的工具并不重要，重要的是工具需要得心应手。挑选合适的工具和相适应的纸张，能够更好地传达速写工具本身所具有的语言特质，充分张扬语言传达的黑白美感、线条美感。而在这之上，则是语言与描绘对象的贴切性。虽然速写技法是重要的，但是不应把时间过多地浪费在技法上，而应强调把感受通过恰当的语言表现出来。

速写的训练并不像写生色彩那样分几个阶段循序渐进，而是分成不同的内容，强调了速写的不同侧重点，也就是通过速写提高对事物的观察能力、功能结构的分析能力、自然形式韵律的感受力。不要把注意力放在生活场景的细节上，而是关注山川草木的自然中生动的造型，关注个人对自然意境韵味的体验与表达，以及对速写线条和黑白语言的熟练把握和主动运用。指导老师的责任是讲解示范，个别辅导，组织讲评，激发学生速写热情，及时提出问题，引导学生深入钻研。

在整个教学过程中讲述自然形态的装饰在西方的巴洛克艺术、工艺美术运动、新艺术运动、装饰艺术运动等西方艺术及设计运动中明显的变化。在中国，从早期的工艺美术例如陶器饰纹、青铜器装饰、汉代画像砖、明代书籍插图到更为广泛的民间艺术中都有极好范例。通过讲解古今艺术大师的速写，揭示大师观察事物的独特角度，展示速写的各种风格和魅力。

通过设计师的速写和草图鉴赏，展示速写的基本作用，强调对速写草图本身的基本规律的认识与表现。同时，重新审视不断发展的科技生产手段对设计的影响，要求设计师发展出更加多样化，有生命力、创造力、审美力的设计。从这个角度讲，通过速写对于自然的不断研究也是势所必然，这种研究不是复古，而是以新的时代眼光重新发掘自然，从自然中发现设计的形态素材和设计形式。因为，自然是设计与艺术的最根本的源泉。

教学大纲

课程名称	春季写生	开课系部	设计学院基础部
开课学期	春季学期	周　数	2
学时数	40	修读方式	必修
授课对象	本科生一年级	前置课程	造型基础、人体速写
参考书目	《自然探美》山西人民出版社、《写生设计》山西人民出版社		

教学目的

　　通过速写的方式，学会观察自然、分析自然，进而通过速写积累形态创作的素材，练习快速提炼生活场景的能力，感受自然形式韵律的能力。

教学内容与进程

　　速写的工具不限（铅笔、钢笔、炭笔、毛笔、木炭条、圆珠笔、炭精棒等均可），注意发现自然事物中存在的造型、节奏韵律，以及形式语言要素，有所侧重。造型基础课上所学到的构图、结构分析、形态表现等知识可以有效地贯穿于速写中，是速写成为研究自然，表现自然的有力方式。

教学方法与手段	速写作业讲评，教学录像播放。
作业要求	速写风景写生20张，尺寸不小于A4。
考核标准与评分方法	根据作业质量及作业完成情况予以判分。

生活观察

　　速写教学首先强调观察能力的培养。应当说，中央美院设计学院的速写课程，不是一个工具技法的练习课程，而是把对于自然的观察能力作为课程的首要目标。我们到自然中画速写，就是要通过速写，理解自然形态的生成原理与功能结构，进而发展出为人类生活所利用的产品设计。另外，我们也会通过速写，艺术地运用现实形态，以多种超越自然的方式显现。意象与形式呈现着多样化的态势，以期有更集中、更直观的艺术与设计表现，突出的是源于自然的形态美与形式美的表达。

　　纵观历史，对于自然进行观察，并且通过速写进行记录，一直表现在艺术大师的速写草图中，德国文艺复兴大师丢勒说："任何人除非进行过大量的研究，全面充实自己的头脑，否则他注定不可能凭空想像，制作出美丽的图形。因此，美丽的图形就不能算是他自己创造的，艺术是后天的，是学而知之的，艺术要播种、栽培，然后才能收获果实。于是，心灵中收集、储存的秘密瑰宝才能以作品的形式公开展示，心灵中的新颖创造就以物体的形式出现。"

　　自然形态的演化，在艺术史和设计史里面，表现在对于自然形态的形式分析、生命形式的考察、情感想像的不断推进。在西方文艺复兴时期，达·芬奇对于自然形态精确的观察，显示出他对普遍自然生命活力的强烈意识。达·芬奇画了大量的速写和研究草图，通过速写我们看到他对自然浓厚的兴趣。笔记里记满了他对自然形态的研究，他也是第一个研究植物结构分类的人，还通过研究鸟禽来设计飞行器等等。他的这种把对自然的科学研究和艺术原则结合起来的思想，也一直影响着现代的艺术与设计教育，成为我们讲解速写的典范。我们坚持强调对自然的观察，就是把客观置放在眼前，不固执于简单的设计方法和手段，而是学会将现实变成我们设计创作的来源。速写，显示着观察的方式，并且也记录了我们对事物的思维过程。

11

12

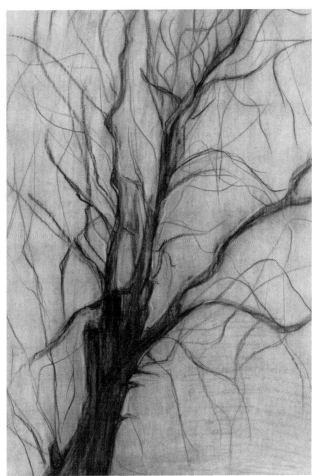

13

14

22

26

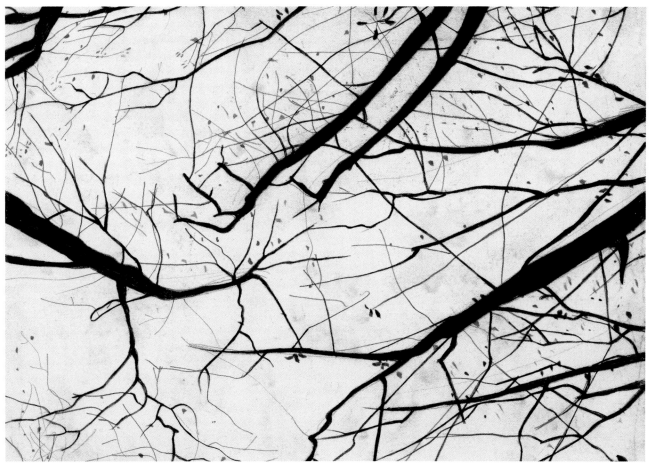

　　速写教学偏重于对丰富多彩的自然形态进行结构分析与研究。在造型基础课上所学到的构图、结构分析、形态表现等知识可以有效地贯穿于速写中，使速写成为研究自然、表现自然的基本方式，也是最为快捷和有效的方式。这并非照相机所能代替，因为速写的过程就是分析的过程。对自然形态通过速写进行分析，有助于提炼视觉的基本形态要素，丰富视觉的创造力，增强解决问题的能力。

　　自然的事物呈现出功能化的结构特征，例如树叶和树干是主干枝干输送养分的最好结构系统，一个城市的主次街道显示出类似于树叶生长的结构，就是城市自然而然形成的模式，是一种基于适应自然而成的设计。

　　宏观的风景也存在结构，风景是更为广阔的自然，是建构人类生存的根本。自然风景与人工风景的区别，源于人类对风景的介入，改变了风景的自然结构。人类一直在努力地塑造人为的景观，并使其具有一种文化与精神的意义，但是真正有意义的人工景观应当与自然相协调，对于局部风景的自然结构的改造，人工景观的结构，应当从属于整体的自然结构。

　　通过速写研究自然，是为了发现自然的本质元素，从而运用仿生学的道理进行设计。自然形态在艺术的发展与应用也呈现了形式上的多样性，例如：剪影化平面造型、立体造型、装饰化形态、结构形态等等，装饰动机还是基本来源于自然形态，体现了自然生命的象征和隐喻。自然形态的艺术化表现运用到艺术与设计表现中去，就是通过速写的不断提炼加以完成。形态的内在层面、结构变异，以及蕴含的形式要素，可能更具创造的因素。例如从结构形制中引出线条意向，从物体肌理特质中引出纹理组织图形，从形体空间的动力性质引出力动节律关系，从分解物象外在整体性中引出平面的意象构成和形态变异。

　　学生在描绘的时候，应当充分发挥媒介工具的语言特性，引发出丰富而具有表现力的线条语言来，充分揭示出自然的魅力。线的创造，从来都不是对客观事物的表面模仿，而是艺术家对客观物象的辨识、理解、记忆、分析的产物，有极强的表意和概略性。线条的表达就是一种意象的思维方式，并不完全依赖于直观，而是依靠观察后经过记忆的筛选，分析的取舍，把物象表面可变的，非本质的东西舍弃，而保留本质的感受的物性和精神性。

前两张大家都
说画得很"细哦",本来想尝
试一下稍微粗点的，放开点，于是我加上阴影，
用涂抹来回的笔角尖表现树叶，使它看起来生动，
但评诊"仍然"细哦！"……

2006. 4. 19

32

2006.4.20

38

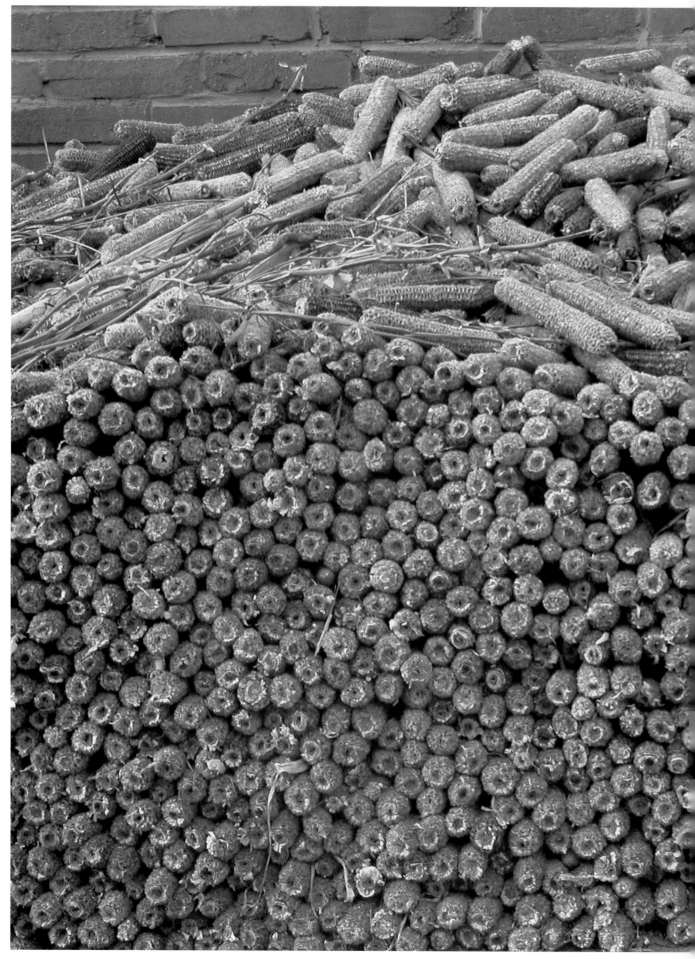

形式提炼

速写教学偏重对于自然中存在的形式因素的发现和提炼。自然物象的建构秩序为设计提供了重要资源，自然形态中存在一切构成的原理和精巧的设计原则。因此，中央美院设计学院的速写教学强调注意发现自然事物中存在的节奏韵律，并通过速写的线条将对自然形式的感悟清晰明确地加以呈现。速写的长处在于线条的表现以及黑白关系的处理。形式的美产生于波浪起伏和相互交织的线条之中。这种工具形式的语言要素也会在大量的速写中得以体味，并充分地表现出来。

自然物象和景观中隐含了大量生动的形式韵律美感，需要我们通过速写去掌握，要注意组织画面和取舍，能够在很短的时间内提纯画面的造型和形式，删去自然中不和谐的因素，学会移景和造景。同时，还要欣赏自然界的不规则性，艺术的差异性正是尊重自然本身存在的差异。而一切现有的构成规律也是前人对于自然研究的结果，自然中存在构图、造型、对称、比例、平衡、协调等各种要素，仍然需要我们

不断地面对自然加以领悟，通过速写加以总结，从而发展出更加丰富的形式构成法则，运用在我们的设计之中，避免只是运用简单的形式构成原理来进行设计。

我们把速写看成是具象写生的一种方式，但是相对抽象的造型训练也可以通过速写进行，并且不排斥具象形态的训练，而是把它们看做两个不同且有着密切关系的造型系统，即抽象造型系统和具象造型系统。并且根据设计的特性寻找设计的抽象造型训练与绘画速写之间的内在联系与区别，使之形成相辅相成的造型手段。

十分明显，从自然形态中通过简练的速写发展提炼造型，使得造型有丰富的来源，而不必依据简单的构成原理进行造型，将有助于我们创造更为丰富的造型来源。从自然形态到抽象形态的过渡，贯穿了对形态世界的全方位的把握与了解，而非以抽象形态为训练的最终目的。在此期间，速写的过程成为学习的中心，在过程中了解自然形态与抽象形态的认识起源与发展，了解具象形态与抽象形态的设计应用。更重要的是，通过养成不断画速写的习惯，把抽象形态来自于自然形态的启发变成一种形态的后天敏感，就会使未来设计的形态创造之路更为宽广，因为，来自于对自然形态提炼的抽象形态比纯粹的抽象形态有着更为丰富的变化，不仅有着自身独立的造型魅力，也体现着对于自然的联想与暗示。

我们也尊重速写本身的语言特性，并且在速写训练中不断增强学生对速写能力的把握、对媒介的敏感性、对线条传达感情的贴切性进行探索，使之能够熟练地应用线条传达自然对自己的启示，敏锐地通过造型、线条、明暗、肌理、空间等，赋予每一幅创造的速写以形式与真意。即使是现实的描写，也可以因为审美的不同，呈现出不同的面目：有时如显微镜般地观看；有时同自然物象肌肤相摩，悄声絮语；有时不动声色地赤裎袒露，冷峻而严酷；有时又鞭辟入里地尖锐表达。抽象则通过空间构架的幻想性和造型的扭曲，表达怪诞的真实性及非现实的想像，因此我们也强调着力于速写本身语言的现代性研究，从材料和手段中发掘速写的意趣，利用变化多端的黑白传达自然蕴含的奇妙的意境，并将速写工具的语言同对自然的感受完美地结合在一起。这样，我们就可以既把速写看做一个记录的工具，作为造型和形式训练的一个手段，也把速写看做一个独立的艺术表现的语言。

2007.5.8. 刘艳丁写

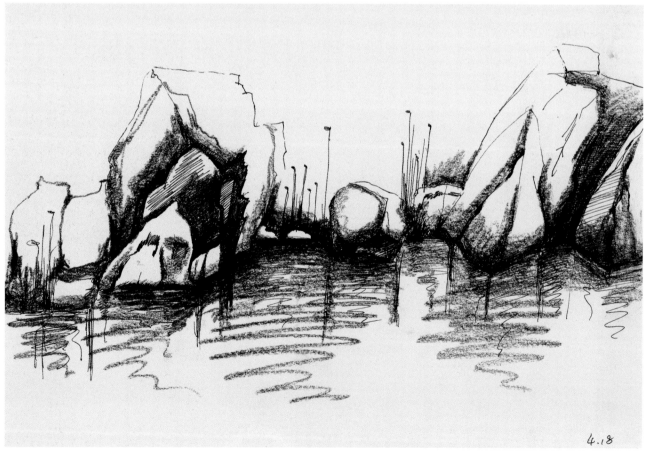

4.18

06. 4. 18

49

54

58

60

语言表现

速写提倡个性，鼓励基于不同感受的艺术语言处理，强调意境的感受与传达。对自然所隐含的审美意境的表现，也是速写思考的问题之一。人与自然在情感上和谐地组合成一个整体，在速写的时候就会形成一个更具有氛围和意境的画面，就会充分利用线条和黑白色调来表达自己对自然的热爱。

速写在构图上更加强调主体的表达，把画面上一切多余的东西去掉，有舍才能够有得，主动，才能够将自然场面升华为自己的情感表达。因此，在速写后对所描绘场景进一步默写、加工和再设计，默写和想像在这个阶段会明显发挥作用，让所感受的东西在进一步的设计加工中呈现出来。速写不再是照抄对象的写生能力，离开了对象，也能够主动的创造。

通过教学，我们重视对"天人合一"观念价值的重新挖掘，强调人与自然和谐的观念，培养学生更为积极的对于自然和设计关系的态度，这也是人类文明发展对设计人文观念的应具有的影响。我们可以通过速写的方式，对乡村自然、对城市环境中存在的人与自然的矛盾进行设计的伦理思考。

我们的速写不能停留在一个简单的技法层面上，也不游离于自然之外。通过速写，我们体会着自然给我们带来的审美意境，也反思人类在改造自然中与自然冲突的问题。速写使得我们把生活的方式变成审美的方式，速写成为表现生活与情感关系的一种方式。通过速写，我们传达着我们对于自然的依恋和怀旧情绪，来唤起我们微妙的审美情感。把速写作为自然的一部分，作为设计师的一种基本技能和生活方式。通过速写体现我们对设计与自然同样的审美感受，也许这应当是我们实现海德格尔所说的"诗意的栖居"的本意。

70

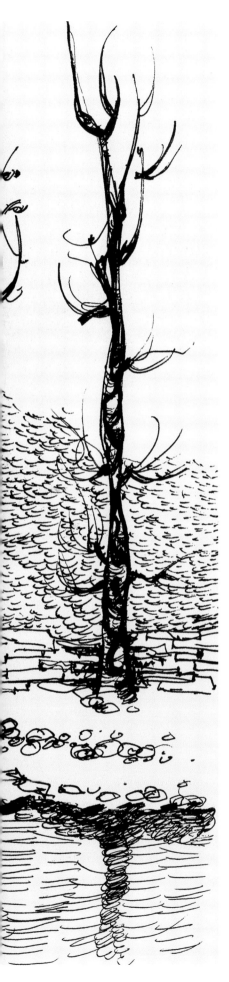

82

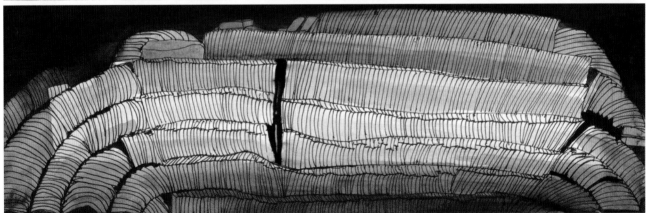

后记

注重对素描色调的情绪和意境营造，注重对造型的提炼和创造，而不是对生活现象的记录。基础部曾陆续出版了教材《自然探美》《写生设计》，此次出版的《色彩写生》与《速写写生》两本教材，收入了去年一年级下乡写生的部分作业，基本体现了设计学院的教学主张。并且，设计学院的教学是团队的方式，除我外，带领学生下乡写生的教师有：付爱臣、张欣荣、强勇、宋扬、研究生马志强。他们在教学中付出了辛勤的劳动，教学成果是这个集体努力的结晶，在此特别对他们表示深切的感谢！同时对提供作品的一年级学生表示谢意！

王　旭　尹相锟　赵孟禹　张　晓　曾　俐　张　超　邹琳琳
张　晖　李艾霞　郝可夫　刘高翔　张珈睿　梁　鸿　李雁滨
赵伯祚　张　洁　周　斌　郭嘉栋　孙　亮　王　岩　唐巧巧
李　祯　舒善艺　张新颖　王　婧　徐　璐　李普曼　黄　姝
曲文强　马晓雯　郭　超　彭　涛　王文正　徐　全　王嘉辉
崔　康　汪　菲　李　言　刘　嘉　金祉润　金智贤　金子映
康东奎　肖天宇　郭　娜　郭思言　尹春杨　张　宇　康　莹
赵　丹　王　冠　查遥力　徐　慧　曹睿杰　刁　硕　李悦瑾
高赟鹏　王千菲　侯晓晖　李　倩　马　辰　张亚洲　方建平
方　健　高远达　董春廷　肖天宇　刘朋东　刘　双　周　彬
吴丹丹　李晓晨　梁　晨　李智君　杨莉芊　平　原　呼建国
章　超　王　旭　姜　雷　岳　娇　朴敏我　沈英爱　孙茉雅
金成民　成以良　李云梦　陈　桥　陶　璟　刘玉东　刘耿莹
安惠思　刘　宝　张　开　张丛丛　李　莹　王　森　王凌燕
郑海晨　白明明　尹逸涵　成延伟　文玮升　唐　人　苏仁莉
吕　沛　郎　曼　李子钰　王　翠　曹　诚　路　倩　孙　帅
张健磊　刘天舒　马　雁　杨绍谆　匡　达　姜懿格　蒋卓骧
刘　浪　易　雪　郝晨晓　黄　鹤　王凯川　周　昱　金宇坤
禹廷和　丽叶特　金泰佑　刘力子　李　亮　许晨旭　吴方晴
郎　朗　王　帅　孙晓炜　郭　柯　部　凡　丁　凡　蒲玉轻
宋　娟　王　莹　李璧豪　聂　霄　马春阳　吕泽泓　高　山
焦延峰　王　喆　李梦遥　李云飞　汪娅星　王文婧　张肖童
赵元斐　秦　越　孔祥哲　陈　锴　胡可人　杨　頔　张泽彦
汪　帅　杨　扬　张希飞　尚　莹　陈龙阙　郑富贤　郑瑄瑚
朱庆兰　龙瑞心　热哈提·加尔拜　杜　蒙

中央美术学院一直倡导和坚持下乡写生的教学传统，并且在学生的毕业创作中明显地体现出来。但是设计学院基础课程教学如何把写生和设计的基础联系起来，有针对性地进行写生，是设计学院基础部教学研究的课题。经过多年实践，我们形成了自己的教学体系，我们的教学注重色彩的写生关系、画面色调的强调、色彩的概括性与色彩的情感性表现，最后进一步通过设计提升画面的整体性表达。其训练方法侧重主观的、感受的，进而发展到理性的、抽象的、设计的。速写则注重自然生活中存在的图式语言和形式韵律，

作者简介

周至禹，中央美术学院设计学院基础部主任、教授，中央美院学术委员会委员，中国美术家协会、中国版画家协会会员，中国流行色协会教育委员会委员，作品多次参加中外美术展览并获奖，版画作品被英国大英博物馆、日本神奈川美术馆、美国波特兰博物馆、德国路德维希博物馆、澳大利亚维多利亚艺术学院、中国美术馆、广州美术馆、中央美院陈列馆等收藏，入选文化部主编《中国美术六十年》及《中国当代美术全集》等大型画册。作品曾获全国版画展铜奖，"20世纪中国"大展优秀奖。编著出版的教材有《造型与形式构成》《现代西方素描鉴赏与研究》《招贴设计》《过渡》《艺海扬帆》《自然探美》《周至禹速写》《设计的造型基础训练》《发现设计》《拓展思维》《写生设计》《田心相心》《造型基础》《形态与分析》《设计素描》《设计色彩》《形式基础》《设计基础教学》《思维与设计》，散文集《边写边画》《边走边看》《边看边写》等，在现代设计基础教育方面有开创性研究。

图书在版编目（CIP）数据

中央美术学院特色课程.速写写生 / 周至禹 编著.
—武汉：湖北美术出版社，2008.9
（中国著名高等艺术院校特色课程系列）
ISBN 978-7-5394-2371-5

Ⅰ.中…
Ⅱ.周…
Ⅲ.速写－技法（美术）－高等学校－教材
Ⅳ.J21

中国版本图书馆CIP数据核字（2008）第127296号

责任编辑：戴建国　蔡慧荣
装帧设计：马志强
技术编辑：李国新

速写写生　　　　　　　　　ⓒ 周至禹　编著

出版发行：湖北美术出版社
地　　址：武汉市洪山区雄楚大街268号B座
电　　话：（027）87679522（发行）　87679553（编辑）
传　　真：（027）87679523
邮政编码：430070
ＨＴＴＰ：www.hbapress.com.cn
Ｅ－ｍａｉｌ：hbapress@vip.sina.com
制　　版：深圳华新彩印制版有限公司
印　　刷：武汉三川印务有限公司
版　　次：2008年9月第1版
　　　　　2008年9月第1次印刷
开　　本：889mm×1194mm　1/16
印　　张：6
印　　数：3000册
定　　价：30.00元